Das Flüstern der verlorenen Gefühle

MOORLAND
BARGUM
BURG
ARNESWALD
LIEBENBURG
ALTEN
GLAN
NEBELSCHÜTZ

HAFEN
KÖNIGSSTEIN
ST. KILIAN
AUENWALD
SCHLOSS
RANNARIEDL
HEIDMOOR
BERGKIRCHEN
SEE
DER
RFRAUEN
HIMMELSFLÜSTERER
STERNENFELS
WALD
WELTENTOR

*Wie ein verborgenes Märchenreich enthüllt sich
eine geheimnisvolle Welt durch das
Flüstern der verlorenen Gefühle.*

SIMONE POHLMANN

Das Flüstern der verlorenen Gefühle

Bibliografische Information der Deutschen Nationalbibliothek:
Die Deutsche Nationalbibliothek verzeichnet diese Publikation
in der Deutschen Nationalbibliografie; detaillierte bibliografische
Daten sind im Internet über dnb.dnb.de abrufbar.

© 2023 Simone Pohlmann

Satz, Herstellung und Verlag:
BoD - Books on Demand, Norderstedt

Lektorat: Lektorat Text und Farbe:
www.bbscharp.de
Korrektorat: Die Wortdetektei:
www.wortdetektei.com
Umschlaggestaltung, Kapitel-Illustrationen und Landkarte:
inspirited books Grafikdesign:
www.inspiritedbooks.at

ISBN: 978-3-7578-2847-9

Kapitel 1

Zweifel und Hoffnung

Du wirst nie wieder Hunger leiden müssen ...«, flüstert meine Mutter, während sie mich umarmt und Tränen in ihren Augen glitzern.

»Ich will nicht fort. Bitte lass mich bei dir bleiben«, flehe ich und klammere mich mit verschleiertem Blick an sie.

Meine Mutter wendet sich an die unbekannte Frau, die meine Hand mit eisernem Griff umschlossen hält. »Ist sie wirklich die Auserwählte?«

»Die Zeichen sind eindeutig«, erwidert die Frau bestimmt.

Die Tränen strömen unaufhaltsam über mein Gesicht, als ich schluchzend antworte: »Nein! Bitte ...«

»Elea ... sei vernünftig! Ihr werdet verhungern – schau dir deine Geschwister an. Nur du kannst sie retten.«

Ich kann das Mitleid in den Augen der Frau sehen und mein Blick fällt auf meine kleine Schwester. Sie ist erschreckend dünn geworden. Seit Tagen haben wir nicht genug Essen für uns alle. Ein schwerer Kummer schnürt mir das Herz zusammen.

»Wenn ich mitgehe, bekommen meine Eltern dann genug Geld, um meine Geschwister zu ernähren?«, frage ich.

»Versprochen, sie werden nie wieder Armut leiden«, versichert die Frau mir.

»Und was hast du davon, wenn ich mit dir komme?«, frage ich.

»Du erfüllst deine Bestimmung. Und das ist auch für mich wichtig!«, antwortet sie eindringlich.

»Welche Bestimmung?«, frage ich.

»Das zeige ich dir, wenn wir unser Ziel erreichen.«

»Wird es wehtun?«

»Manchmal!«, gesteht sie.

»Kann ich irgendwann wieder zurück zu meiner Familie?«

»Nein ...«, entgegnet sie knapp und drückt meine Hand noch fester.

»Pass auf sie auf!«, rufe ich meinem Bruder zu, der sich den Rotz am Ärmel abwischt. »Du bist jetzt der Älteste.«

Es ist ein schmerzlicher Abschied, der meine Seele in tausend Stücke zerreißt.

Die letzten Momente mit meinen Eltern sind von einer unausgesprochenen Schwere geprägt. Ich fühle ihre warmen Hände auf meinen Schultern ruhen, erfüllt von trauriger Zartheit.

Doch die Frau zieht mich sanft hinter sich her. Anfangs wehre ich mich, schreie und kämpfe, dann schwindet mein Widerstand. Ich folge ihr widerwillig und schaue mich immer wieder um, bis meine Familie nicht mehr zu sehen ist. Es ist das erste Mal in meinem Leben, dass ich das Dorf verlasse.

Die Erinnerung an ihre liebevollen Gesichter wird für immer in meinem Herzen eingraviert bleiben.

**

»Wo gehen wir hin?«, frage ich leise.

»Im Gebiet der Schwarzalben gibt es einen Berg. Auf dessen Gipfel wohne ich«, antwortet sie mit ruhiger Stimme.

Schweigend laufen wir weiter, bis ich nicht mehr kann. Meine Schuhsohlen sind vom steinigen Boden zerschlissen und meine Füße mit Blasen übersät. Erschöpft lasse ich mich auf einem großen Stein nieder.

»Brauchst du eine Pause?«, erkundigt sie sich und bleibt neben mir stehen.

»Bitte ... nur ein paar Minuten«, antworte ich schwach und ziehe vorsichtig einen Schuh aus.

»Warum hast du nichts gesagt? Deine Füße sehen schlimm aus.« Aus ihrer Tasche kramt sie eine kleine Flasche hervor, gefüllt mit klarer Flüssigkeit.« Es wird vielleicht ein wenig brennen, aber danach sollte der Schmerz nachlassen. Wir machen hier Rast, du kannst nicht mehr weiterlaufen.«

Ich beiße die Zähne zusammen, um nicht vor Schmerzen aufzuschreien, als sie meine Wunden säubert. Das Brennen hört erst wieder auf, nachdem sie eine heilende Salbe auf die zerschundenen Stellen streicht und meine Füße verbindet.

»Wie ist dein Name?«, frage ich sie, während ich mich langsam wieder erhole.

»Margarete.«

»Wird es ihnen wirklich gut gehen?«, frage ich weiter.

»Deiner Familie? Das wird es. Du wirst schon sehen«, versichert sie mir.

Doch wie soll das funktionieren, wenn ich niemals wieder zu ihnen zurückkehren kann?

Die Nacht breitet ihren samtigen Schleier über die Landschaft aus und ich schlafe zum ersten Mal seit Monaten ohne das brennende Gefühl von Hunger ein. Halb im Schlaf versunken, verliere ich mich in den Sternen. Ich stelle mir vor, dass jeder von ihnen ein verborgenes Versprechen ist, das meine Träume erfüllen wird.

Kapitel 2

Die Welt verschwimmt

Das strahlendhelle Licht der Sonne tanzt auf der glatten Oberfläche des Sees, während wir entlang seines Ufers wandern. Die Stille wird nur vom sanften Rauschen des Windes und dem entfernten Zwitschern der Vögel durchbrochen. Rechts von uns liegt ein Wald, den Margarete den Feenwald nennt, doch trotz der scheinbaren Ruhe fühle ich mich beobachtet, als ob verborgene Augen auf uns gerichtet sind. Ein kalter Schauer läuft mir über den Rücken und meine Gedanken wandern zu den warnenden Worten meiner Eltern, die mir eingeschärft haben, niemals einen verwunschenen Wald zu betreten.

»Es dauert nicht mehr lange, bis wir dort sind«, sagte Margarete und ihre Stimme klingt gedämpft, fast geheimnisvoll.

»Hast du auch das Gefühl, dass uns jemand verfolgt?«, flüstere ich und wage kaum, meinen Blick über die Schulter zu werfen.

»Wir werden beobachtet, aber die Geschöpfe des Waldes können die Grenze nicht überschreiten.«

»Warum nicht?«, frage ich, während wir unseren Weg fortsetzen.

»Die Faune schützen dieses Gebiet, und sie sind von großer Macht und Stärke«, erwidert Margarete. »Sie halten die Dunkelheit fern.«

Ein beklemmendes Gefühl überkommt mich. »Was wäre, wenn wir in den Wald eintreten würden?«

Margarete zögert einen Moment, bevor sie antwortet: »Das kann ich nicht genau sagen, aber ich weiß, dass nur wenige je wieder aus ihm herausgekommen sind.«

»Als ob die Dunkelheit dort ihr Zuhause gefunden hätte ...«, flüstere ich mehr zu mir selbst als zu ihr.

»Glücklicherweise ist es nicht mehr weit. Sieh mal, dort oben am Horizont zeichnen sich bereits die Umrisse der Berggipfel ab.«

»Dort oben wohnst du?«, frage ich, während ich versuche, den Blick von den Schatten des Waldes abzuwenden.

»Ja, ganz oben auf der Spitze. Wenn wir uns beeilen, könnten wir es vielleicht bis morgen Nachmittag schaffen«, erwidert sie und blickt hoffnungsvoll in Richtung Bergspitze.

**

Als wir endlich den Gipfel des Berges erreichen, breitet sich absolute Stille um uns aus. Der Blick über das weitläufige Moorland ist von einer einzigartigen Schönheit. Die Burg der Schwarzalben und das Schloss der Moormenschen ragen majestätisch aus dem grünen Dickicht der Wälder empor. Hier oben scheint alles so friedlich zu sein, als ob es keinen Krieg zwischen den beiden Völkern geben würde.

Auf einer Weide ganz in meiner Nähe schweben Hunderte von goldschimmernden Kugeln dicht über dem satten Gras. Ein atemberaubender Anblick, der mich in seinen Bann zieht.

»Kannst du sie sehen?«, fragt Margarete, als sie sich neben mich stellt und mich mit wachsamen Augen beobachtet.

»Sie sind wunderschön«, erwidere ich.

»Was du siehst, sind Elementale. Für gewöhnliche Wesen bleiben sie unsichtbar«, flüstert Margarete ehrfürchtig und greift behutsam nach einer goldenen Kugel. Sie reicht sie mir und sagt: »Nimm sie und öffne dein Herz.«

Vorsichtig nehme ich das Elemental in meine Hände und spüre, wie die Kugel meine Handfläche berührt und zu pulsieren beginnt. Ein Hauch von Magie liegt in der Luft.

»Aus jedem Gedanken, Gefühl oder Wunsch formt sich ein Elemental. Sie existieren unabhängig von ihrem Ursprung in ihrer eigenen Gestalt«, erklärt Margarete, während meine Fingerspitzen seltsam kribbeln.

Die Welt um mich herum verschwimmt und ich

verliere mich vollkommen in dem leuchtenden Schein, der mich umhüllt …

Meine Mutter steht in der Küche und bereitet das Essen für meine Geschwister zu. Ein warmes Lächeln ziert ihr Gesicht und in ihren Augen spiegelt sich eine tiefe Erleichterung wider, dass keins ihrer Kinder länger den Schmerz des Hungers ertragen muss. Ich kann mich nicht daran erinnern, sie jemals so glücklich gesehen zu haben. Wie sehr wünschte ich, dass ich jetzt bei ihnen sein könnte, um dieses Glück zu teilen, um in ihrer Nähe zu sein und ihre Liebe zu spüren.

»Es geht ihnen gut, ich halte mein Wort«, unterbricht Margarete mich mit einem warmen Lächeln.

Hat sie dasselbe gesehen, was ich gesehen habe? Wie ist das überhaupt möglich?

Das Elemental löst sich vor meinen Augen in funkelndem Staub auf und die tröstende Wärme, die ich gespürt habe, schwindet dahin.

»Es gibt heilende Elementale, die uns helfen und stärken. Sie sind durchdrungen von Liebe und entstehen aus Glück. Aber es gibt auch andere … düstere und finstere. Sie entstehen aus Schmerz und Hass.«

»Wieso hat es sich aufgelöst?«, frage ich verwirrt.

»Du hast es erlöst. Wenn man ihnen Liebe und Wärme entgegenbringt, können sie sich auflösen.«

Der goldene Staub wirbelt im Wind umher. Ich verfolge die schimmernde Wolke mit meinen Augen, bis das Sonnenlicht mich zwingt, die Lider zu senken.

»Unsere Bestimmung ist es, uns um die Elementale

zu kümmern, die aus negativen Emotionen entstehen. Wenn sie sich auflösen, erlöst das auch ihre Erschaffer. Wir können dazu beitragen, das Moorland von Leid und Traurigkeit zu befreien.«

»Niemand in meiner Familie hat magische Fähigkeiten, warum ausgerechnet ich?«

»In jeder Generation wird ein Kind geboren, das die Elementale sehen kann«, erklärt Margarete.

»Also habe ich diese Fähigkeit von Geburt an?«

»Ja.« Margarete greift nach einer goldenen Kugel und für einen Moment entspannt sich ihr Gesicht.

»Und wie hast du mich gefunden?«

»Die Angst deiner Mutter, dass ihre Kinder verhungern könnten, war so überwältigend, dass sie ein Elemental erschaffen hat. Ich konnte darin sehen, wie die Aura, die deinen Körper umgibt, golden schimmerte. Das war das Zeichen, auf das ich gewartet hatte. Es ist die Farbe der Auserwählten.«

Tränen steigen mir in die Augen. Meine arme Mutter, wie verzweifelt sie gewesen sein muss.

»Werde ich sie wirklich nie wieder sehen?«

»Vielleicht können sie uns eines Tages besuchen kommen. Aber im Moment darfst du dich nicht von deiner Aufgabe ablenken lassen.«

»Ich vermisse sie so sehr, dass es in meinem Herzen schmerzt.«

»Sie führen nun ein besseres Leben.«

»Werde ich jemals eine eigene Familie haben?«

»Du kannst Hunderten von Kindern helfen.«

»Aber niemals meinen eigenen …«

»Dafür werden deine Geschwister Kinder bekom-

men und du wirst ihre glücklichsten Momente mit-
erleben.«

»Und auch ihre traurigsten.«

»Immer, wenn mir das alles zu viel wird, öffne ich
mein Herz für ein goldenes Elemental. Es gibt mir die
Kraft, weiterzumachen. Ich werde uns nun etwas zu
essen kochen. Du findest mich in der kleinen Holz-
hütte dort hinten. Nimm dir etwas Zeit und lausche
dem Flüstern der verlorenen Gefühle.«

Nach Trost suchend strecke ich meine Hand aus
und berühre vorsichtig eine der schwebenden Kugeln.

*Ich sehe eine alte Frau, ihr Gesicht von Sorgenfalten ge-
zeichnet, doch ihre Augen strahlen voller Vorfreude. Den
ganzen Vormittag hat sie auf die Ankunft des Mädchens
gewartet. Als ihr lang ersehntes Enkelkind endlich vor ihr
steht, breitet sich ein Lächeln auf dem Antlitz der Greisin
aus. Ihre Arme umschließen das Kind in einer innigen Umarmung und sie drückt es fest an sich. In diesem Moment
fühle ich die tiefe Dankbarkeit der Alten, dass sie nun nicht
mehr einsam sein muss.*

*Das Kind verbringt den ganzen Tag an der Seite ihrer
Großmutter, lauscht geduldig den Geschichten, die sie
schon unzählige Male gehört hat. Doch jedes Wort wird
mit einem liebevollen Blick und einem warmen Herzen
aufgenommen. Erst nach dem gemeinsamen Abendbrot
macht sich das Mädchen auf den Heimweg, doch es hinter-
lässt Leben und Liebe in dem kleinen Haus seiner Großmutter.*

Golden zerplatzt das Elemental in meiner Hand und die Verbindung zu der fremden Frau wird jäh unterbrochen. In diesem Moment, an meinem ersten Tag hoch oben auf der Spitze des Berges, wird mir der unschätzbare Wert der Zeit bewusst.

Während mir der köstliche Duft einer frisch gekochten Suppe in die Nase zieht, fühlt sich mein Herz leichter an als je zuvor und ich betrete voller Vorfreude mein neues Zuhause.

**

Auf unserem Berg verschwindet die Sonne schneller hinter dem Horizont als auf dem Festland. Als die Dunkelheit hereinbricht, lausche ich gebannt dem sanften Murmeln und Schniefen zarter Stimmen, begleitet vom leisen Trippeln von Füßen, das direkt vor unserer Haustür erklingt.

»Ah, sind sie bereits angekommen? Nun müssen wir uns beeilen!«, ruft Margarete außer Atem.

»Wer sind sie? Ich dachte, es gäbe hier niemanden außer uns!«, frage ich und blicke verstohlen zur Tür.

Margarete wirft hastig ein paar Holzscheite ins Feuer, um es am Leben zu erhalten. »Es sind die dunklen Elementale. Ich erlaube ihnen, sich in den kalten Nächten an meinem Kamin zu wärmen. Mächtige Elementale können eine Gestalt annehmen, die den Menschen ähnelt. Solange ich ihnen keine Erlösung bringen kann, versuche ich zumindest, ihr schweres Schicksal etwas erträglicher zu machen.«

»Aber ich dachte, die Dunklen wären gefährlich?«,

antworte ich mit zittriger Stimme und wünsche mir nichts sehnlicher, als dass ich zurück zu meiner Familie laufen könnte.

»Sie haben niemals die Absicht, uns zu schaden. Doch wenn man nicht stark genug ist, kann man von ihren Erinnerungen mitgerissen werden und darin verloren gehen«, erklärt Margarete mit einem Hauch von Traurigkeit in ihrer Stimme.

»Und wie schützen wir uns vor ihnen?«, frage ich.

»Heute Abend musst du dich in deinem Schlafzimmer einschließen. Unter keinen Umständen darfst du herauskommen. Ich werde einen Schutzzauber über dich sprechen«, erwidert sie mit fester Entschlossenheit.

Während ich mich in meinem Schlafzimmer einsperre, eilt Margarete zur Haustür und öffnet sie. Ich lausche den unvertrauten Worten, die sie murmelnd von sich gibt. Die Geräusche, die aus dem Flur dringen, sind gespenstisch und keinesfalls menschlich. Ängstlich krieche ich unter die Decke meines Bettes und ziehe sie bis über meinen Kopf. Ein kalter Hauch durchstreift den Raum und lässt das Flämmchen der Kerze auf dem Nachttisch unruhig flackern.

Flüstern, das leise Trippeln von Füßen und das Wispern zahlloser Stimmen erzeugen den Eindruck, dass sich die Hütte gerade mit einer Vielzahl von Besuchern füllt. Vor dem Kamin herrscht ein reges Treiben, das ich nur erahnen kann. Erst weit nach Mitternacht erliege ich schließlich der Erschöpfung und lasse meine Augenlider langsam zufallen.

Kapitel 3

Eine unsichtbare Grenze

Schon vor dem ersten Sonnenstrahl zieht es mich hinaus in die Natur. Die Elementale haben das Haus verlassen und der Flur sowie die Stube sind verwaist. Mit raschen Schritten mache ich mich auf den Weg zur Wiese und tauche ein in ein Meer schimmernder Kugeln. Ich hoffe, dass ich einen kostbaren Augenblick meiner Familie erhaschen kann und strecke meine Hand nach einem besonders schönen Elemental aus.

Vor mir sehe ich zwei Mädchen, ungefähr in meinem Alter. Ihre Herzen sind erfüllt von gegenseitiger Liebe. Trotz der grimmig dreinblickenden Faune auf der einen und der zotteligen Walddämonen auf der anderen Seite wirken die jungen Frauen unbeeindruckt. Völlig versunken in ihrer eigenen Welt reichen sie sich die Hände, obwohl sie eine unsichtbare Grenze zu trennen scheint.

Und dann wird es mir klar ... Das eine Mädchen gehört dem Volk der Schwarzalben an, ihre spitz zulaufenden Ohren und das seidig glänzende schwarze Haar lassen keinen Zweifel zu. Als sie sanft ihre Hand auf die Wange des anderen Mädchens legt, erstrahlt der Siegelring der Königsfamilie im Sonnenlicht. Sie muss die einzige Tochter des Schwarzalbenkönigs sein. Das andere Mädchen trägt das gestickte Wappen des Moorkönigs auf ihrem Mantel. Die unsichtbare Grenze markiert die Trennlinie zwischen dem Gebiet der Schwarzalben und dem der Moormenschen. Doch trotz dieser unüberwindbar scheinenden Barriere finden ihre Lippen zueinander und für einen flüchtigen Moment existiert nur noch dieses Paar. Ihre Liebe erklingt beinahe wie eine zauberhafte Melodie, ein Lied, das von einem Leben voller Hoffnung und Mut erzählt.

Langsam löst sich das Elemental in meiner Hand auf und mit Wehmut erkenne ich, dass Liebe keine Grenzen kennt.

»Elea? Kommst du? Ich habe Frühstück für uns zubereitet«, ruft Margarete mich zu sich.

Mein Magen knurrt plötzlich und ich beeile mich, zur Hütte zurückzukehren. Der Eichenholztisch ist üppig gedeckt mit selbstgebackenen Brötchen, frischer Butter und duftender Marmelade. Von meinem Platz aus kann ich die Spitze des Berges sehen, während der Schnee in wunderschönem Kontrast zum strahlend türkisblauen Himmel steht. Es ist hier oben so friedlich, eine Oase der Ruhe. Wenn meine

Familie doch nur diesen atemberaubenden Ausblick teilen könnte.

»Margarete, wo finde ich die dunklen Elementale?«

»Sie sind ganz in der Nähe. Ich werde dir den Ort zeigen, nachdem wir gefrühstückt haben. Du darfst jedoch niemals allein dorthin gehen. Die düsteren Emotionen können äußerst gefährlich sein und du hast noch nicht die nötige Fähigkeit, dich ausreichend abzuschirmen. Versprichst du es mir?«, mahnt Margarete mit ernster Miene.

»Ja, natürlich«, versichere ich. »Wirst du mich lehren, wie ich mich schützen kann?«

»Ich werde es dir beibringen, so wie es meine Vorgängerin mir beigebracht hat und wie du es später deiner Nachfolgerin zeigen wirst.«

»Werde ich meine Nachfolgerin auch in einem der Elementale finden müssen?«

»Ja, eines Tages wirst du dort jemanden entdecken, dessen Aura golden schimmert. Du wirst es nicht übersehen können. Es wird geschehen, wenn mein Leben sich dem Ende neigt«, erläutert Margarete.

»Wie alt warst du, als du gefunden wurdest?«

»Ich war noch ein kleines Mädchen, gerade einmal sieben Jahre alt. Meine Familie wurde von einer mysteriösen Krankheit dahingerafft und Asriah, der Gott der Toten, hat über mich gewacht, bis mich meine gütige und selbstlose Vorgängerin zu sich genommen hat. Ohne die beiden hätte ich nicht überlebt«, offenbart Margarete und einen Moment lang wirkt es, als ob sie mit ihren Gedanken ganz weit weg ist.

»Du konntest Asriah sehen?«, frage ich fasziniert.

»Asriah und die Hüterinnen der verlorenen Gefühle haben eine besondere Verbindung zueinander ...«, gibt mir Margarete geheimnisvoll zu verstehen.

»Werde auch ich ihm eines Tages begegnen?«

»Ja, wenn die Zeit gekommen ist, wird er sich dir offenbaren. Doch nun sollten wir aufbrechen. Bist du bereit?«

**

Margarete führt mich zu einer verborgenen Höhle, die nicht weit entfernt von unserem idyllischen Häuschen liegt. Vor dem Eingang schweben einige der düsteren Elementale, ihre schattenhaften Umrisse verschmelzen beinahe mit der Dunkelheit um sie herum.

»Je weiter wir in die Tiefen der Höhle vordringen, desto mächtiger und unheilvoller werden die Elementale«, erklärt Margarete. »Um dich vor ihnen zu schützen, musst du dein inneres Leuchten aktivieren.«

Meine Augen suchen nach Antworten in ihrer eindringlichen Miene. »Und wie gelingt mir das?«, frage ich angespannt.

Margaretes Blick ruht einen Moment auf mir, als ob sie meine innersten Gedanken ergründen möchte. Dann antwortet sie bedächtig: »Du musst dich an das Gute erinnern, an alles Schöne, das du selbst erlebt oder gesehen hast. Die Goldenen werden dir dabei helfen, genug glückliche Erinnerungen zu sammeln, um dich gegen die dunklen Elementale zu wappnen.«

»Das klingt ja eigentlich recht einfach.«

Sie schüttelt den Kopf und ihre Augen füllen sich mit Sorge. »Aber glaube mir, es ist alles andere als einfach! Die dunklen Elementale sind Meister darin, dich in den Abgrund zu ziehen, dir deine Kraft zu rauben und nichts als Schmerz zurückzulassen. In solch einer Lage ist es äußerst schwierig, sich an das Gute zu erinnern. Deshalb musst du unermüdlich üben und am besten mit den weniger gefährlichen Elementalen beginnen, denen hier vor der Höhle. Ich werde in die Tiefe vordringen und mich um die mächtigsten von ihnen kümmern.«

Ohne ein Wort zu erwidern, strecke ich meine Hand nach einer pechschwarzen Kugel aus, die vor mir schwebt. Sie wirkt bedrohlich und geheimnisvoll zugleich.

Wutverzerrt und mit geballten Fäusten sehe ich die Prinzessin der Schwarzalben vor mir. Anders als vorhin blitzen ihre Augen vor Zorn. »Du kannst mir nicht verbieten, Tabea wiederzusehen. Ich liebe sie!«, bricht es aus ihr heraus und ihre zornige Stimme erfüllt den Raum.

Der König der Schwarzalben, ihr Vater, antwortet mit kühler Entschlossenheit: »Unsere Völker sind im Krieg. Ich gestatte dir keinen Kontakt zu unserem Feind.«

Sie schnaubt vor Verachtung. »Sie sind nicht MEINE Feinde! Die Schwarzalben und die Moormenschen führen seit Jahrhunderten Krieg, doch was hat es uns bisher gebracht? Nur Verluste auf beiden Seiten. Wann hört ihr endlich auf, euch gegenseitig zu zerstören?«

»Wenn das Moorland endlich wieder seinen rechtmäßigen Besitzern gehört ... UNS!«

»Auf dieses Spiel lasse ich mich nicht ein.«

Er fixiert seine Tochter mit einem durchdringenden Blick. »Das wirst du müssen, Naira!«

»Und was, wenn ich es nicht tue?«

»Dann werde ich dich einsperren, bis ich einen Mann gefunden habe, der dich heiratet. Deine Aufgabe wird es sein, unsere Linie fortzuführen und unseren Machtstatus zu sichern. Von deinen Kindereien will ich nichts mehr hören.«

»Ich werde niemals einen Mann heiraten!«

»Geh sofort auf dein Zimmer!«, schreit der König der Schwarzalben sein einziges Kind an. »Du wirst schon sehen, was du von deinem Starrsinn hast.«

In einer Welle aus aufgestauter Wut stürmt die Prinzessin davon und knallt die Tür ihres Zimmers hinter sich zu. Kaum Sekunden später vernimmt sie das unerbittliche Klicken des Schlosses von außen. Rasend vor Zorn hämmert sie gegen das massive Holz, bis ihre Kräfte sie verlassen und sie erschöpft zusammenbricht.

Das dunkle Elemental zersetzt sich in hellen Lichtpunkten, die sich flimmernd in der Luft auflösen. Ohne zu zögern strecke ich meine Hand aus und greife nach dem nächsten.

Plötzlich taucht die Tochter des Moorkönigs auf. Begleitet von den schützenden Faunen, die stets an ihrer Seite sind, wartet sie an jener Stelle, an der sie zuletzt die Prinzessin der Schwarzalben getroffen hatte. Regentropfen prasseln unaufhörlich auf den Boden nieder und durchnässen die Kleidung der jungen Frau. Doch Naira erscheint nicht. Ta-

bea fühlt sich abgewiesen und einsam und kehrt mit betrübtem Herzen traurig zum Schloss zurück. Als sie die Schlossmauer erreicht, versperrt ihr großer Bruder ihr den Weg.

»Wo kommst du her?«, fragt er barsch.

»Das weißt du doch genau!«, entgegnet sie mit trauriger Stimme.

»Hör auf, dich mit dem Schwarzalbenmädchen zu treffen! Such dir jemanden aus unserem Volk.«

»Ich liebe sie.«

»Das wird kein glückliches Ende nehmen.«

»Ich muss es trotzdem versuchen.«

Plötzlich taucht Margarete auf und fängt mich gerade noch rechtzeitig auf, bevor ich auf den harten Boden stürze. Ein Schwindelgefühl erfasst mich, als wäre meine ganze Kraft von mir abgesaugt worden.

»Hast du dich nicht geschützt?«, fragt Margarete besorgt.

»Ich ... nein, das Echo der Gefühle hat mich so sehr mitgerissen, dass ich nicht daran gedacht habe«, gestehe ich mit leiser Stimme.

»Das war knapp. Das Elemental hätte beinahe deine gesamte Kraft absorbiert. Du musst besser aufpassen!«, ermahnt sie mich und mir wird auf einmal bewusst, wie gefährlich mein Handeln war. »Du hast recht, es tut mir leid.«

»Komm, lass uns nach Hause gehen. Du musst dich ausruhen«, schlägt Margarete vor und hilft mir, mich zurück zur Hütte zu schleppen. Eine Schwäche durchdringt meinen Körper und ich fühle mich erschöpft bis aufs Mark.

Wird es jemals ein glückliches Ende für die beiden Prinzessinnen geben?

**

Ich liege auf der sattgrünen Wiese und beobachte gebannt die anmutigen goldenen Elementale, wie sie majestätisch durch die Luft schweben. Ihr Glanz blendet mich und lässt mein Herz vor Ehrfurcht schneller schlagen. Noch vor wenigen Tagen hätte ich es niemals für möglich gehalten, dass an diesem verwunschenen Ort sämtliche Emotionen der Moorlandwesen zusammenfließen. Träge strecke ich meine Hand aus und ergreife die kostbare Essenz, die vor mir schwebt.

Der Mond steht majestätisch hoch am funkelnden Nachthimmel und meine Augen verfolgen gebannt die Gestalt eines Mädchens, das geschickt die Mauern der Burg Arneswald hinabklettert. Als sie den Boden erreicht, erkenne ich Naira, ihre Silhouette von silbrigen Mondstrahlen umhüllt. Sie bewegt sich lautlos zu den Stallungen und sattelt eines der königlichen Pferde. Der pechschwarze Hengst scharrt mit den Hufen, während das Mädchen ihm beruhigende Worte zuflüstert. Sie führt das majestätische Tier durch das massive Burgtor, steigt auf und reitet in einem halsbrecherischen Tempo in die Dunkelheit hinein.

Dankbar empfange ich die warme Energie des Elements, das mich umgibt. Ein weiteres Elemental schwebt auf mich zu, als hätten sie sich in einer geheimnisvollen Reihenfolge darauf geeinigt, mir ihre Geschichten zu offenbaren.

Das dumpfe Hufgeklapper dringt an Tabeas Ohren. Sekunden später erscheint Naira in wildem Galopp, dicht verfolgt von einer Horde Walddämonen. Obwohl sie direkt auf die unsichtbare Grenze zurast, vermindert sie nicht ihre Geschwindigkeit. Erst als sie ihr Pferd auf Tabeas Seite zum Stehen bringt, springt sie mit fliegenden Haaren aus dem Sattel und zieht ihre Geliebte in eine innige Umarmung. Ein magischer Moment scheint die Zeit um sie herum zum Erliegen zu bringen. Die beiden küssen sich leidenschaftlich, ihre Lippen verschmelzen in einem verzweifelten Verlangen, wie Ertrinkende nach Luft schnappend.

»Ich liebe dich!«, flüstert Tabea mit leiser, sehnsuchtsvoller Stimme.

»Und ich dich!«, erwidert ihre Geliebte, ihre Worte sind erfüllt von unerschütterlicher Hingabe.

Dann greifen zwei Faune ein und trennen das Schwarzalbenmädchen von der Moorprinzessin, nehmen sie zwischen sich und geleiten sie geradewegs zum Schloss des Moorkönigs. Mit Stolz erhobenem Haupt lässt sich die Tochter des feindlichen Königs abführen, zufrieden mit ihrer Entscheidung, für ihre Liebe zu kämpfen. Frustriert über das Entkommen der Prinzessin, ziehen sich die Walddämonen in den undurchdringlichen Feenwald zurück. Sie rasen durch das Unterholz, um ihrem Herrscher so schnell wie möglich die Nachricht von der Gefangennahme seiner Tochter zu überbringen.

Ich bewundere den unbezwingbaren Mut der Schwarzalbenprinzessin, die es gewagt hat, ihre Ängste zu überwinden und für etwas von unermesslichem Wert zu kämpfen. Ich frage mich, ob ich jemals den gleichen Mut aufbringen könnte. Den restlichen Tag über suche ich nach einem weiteren Elemental, das mir die fesselnde Geschichte der beiden Mädchen enthüllt. Mein Herz erblüht bei den zahlreichen wunderschönen Momenten, die ich erleben darf. Doch das Ersehnte bleibt mir vorerst verwehrt. Etwas enttäuscht, aber mit einem neu entfachten Gefühl der Stärke, kehre ich zurück in mein neues Zuhause, bereit für das, was das Schicksal noch für mich bereithält.

Kapitel 4

Der Bann der Dunkelheit

Elea! Bitte wach auf. Ich brauche dich!«, schrillt Margaretes Stimme in meinen Ohren und reißt mich aus dem Schlaf. Ein Schauer durchfährt mich, als ich ihre Worte registriere.

»Was ist?«, erwidere ich verschlafen, noch nicht ganz im Hier und Jetzt.

»Du musst sofort mitkommen!« Ihre Worte überschlagen sich vor Aufregung.

»Warum? Was ist denn passiert?«

»Die dunklen Elementale ... sie sind plötzlich überall. Es muss etwas Schreckliches geschehen sein!« Ihre Worte hallen in meinem Kopf wider, und ein Gefühl der Beklemmung erfasst mich.

Ohne zu zögern springe ich aus dem Bett, nur von meinem Nachthemd bedeckt, und eile ihr hinterher. Wenige Schritte vor dem Haus schweben Dutzende der finsteren Kugeln in der Luft. Mein Herz setzt einen Moment lang aus, während ich den Anblick in mich aufnehme. Was könnte nur geschehen sein, dass so viele von ihnen entstanden sind?

»Das Moorland braucht uns. Wir müssen die negativen Gefühle so schnell wie möglich bekämpfen!«, ruft Margarete mir zu und stürzt sich sofort in die Arbeit.

In einem Augenblick des Innehaltens aktiviere ich mein inneres Leuchten, um mich vor der drohenden Dunkelheit zu schützen. Meine Hand schnellt vor, und ich ergreife das erste finstere Elemental, fest entschlossen, dem Übel entgegenzutreten ...

In den ersten Strahlen des Tageslichts färbt die aufgehende Sonne den Himmel blutrot. Plötzlich und unerwartet bricht das Chaos über die Bewohner herein. Aus beiden Richtungen dringt der finstere Wald hervor und entlässt eine Horde Schwarzalben, die das friedliche Dorf dem Erdboden gleichmachen. Das Kreischen der Frauen und Kinder vermischt sich mit den Schreien der Männer, während der grausame Schwarzalbenkönig Rache übt. Die Luft ist erfüllt von Verzweiflung und Angst, als jegliches Leben ausgelöscht wird. Schließlich ziehen sich die Schwarzalben zurück und marschieren unaufhaltsam zur nächsten Siedlung der Moormenschen.

Hilflos stehe ich da und beobachte Asriah, wie er die Verstorbenen auf ihre letzte Reise ins Jenseits begleitet. Jeder einzelne Schritt, den er macht, ist erfüllt von Trauer und dem Schmerz unermesslicher Verluste. Als die letzte Seele ihren Weg gefunden hat, bricht der Gott der Toten vor Trauer zusammen. Seine Erscheinung wirkt müde und verzweifelt, als ob er die Last aller verlorenen Leben auf seinen Schultern trüge.

Plötzlich erhebt der Gott der Toten seinen Blick, und ich habe das Gefühl, dass seine Augen mich durchdringen. In diesen himmelblauen Augen liegt etwas Beruhigendes, etwas, das die Wunden meiner Seele zu heilen vermag. Ich versinke in ihrer gnadenbringenden Tiefe, während die Welt um mich herum verblassen scheint. Die Präsenz des Gottes durchdringt mich mit einem Hauch von Trost und Hoffnung, als ob er mir zeigt, dass inmitten der Dunkelheit ein Funken Licht zu finden ist.

Strahlendhell löst sich das Elemental auf. So viele Leben wurden ausgelöscht, nur wegen des Hasses eines einzigen Mannes. Meine Hand zittert, als ich nach der nächsten Kugel greife.

Eine Mutter weint um ihre Tochter, die durch das Schwert des Feindes tödlich verwundet wurde. Das Leben des Mädchens sickert zeitgleich mit ihrem Blut aus ihrem Körper. Als ihr Herz nicht mehr schlägt, führt Asriah ihre unsterbliche Seele zu einem besseren Ort. Tröstend streicht er der Mutter über die Schulter, verzweifelt darüber, nichts weiter für sie tun zu können.

Hoffentlich geht es meiner Familie gut. Panische Angst um ihr Leben erfasst mich und mit gemischten Gefühlen erfülle ich meine Aufgabe.

Durch den dichten, qualmenden Rauch, der den Schlachtplatz umhüllt, erkenne ich die verschwommenen Umrisse des Schlosses. Zwei mächtige Könige, der Herrscher der Schwarzalben und der König der Moormenschen, stehen sich in einem tödlichen Duell gegenüber. In ihren Augen spiegelt sich Zorn und Wut wider.

»Bringt mir die Schwarzalbenprinzessin!«, befiehlt der Moorkönig einem Soldaten, der sofort das Mädchen holt und es zu seinem Herrscher schleppt. Kaltherzig zieht der König Naira an sich und presst einen Dolch an ihre zarte Kehle.

»Wenn Ihr Eure Krieger nicht davon abhaltet, uns anzugreifen, wird Eure Tochter den heutigen Tag nicht überleben.«

»Das wagt Ihr nicht!«, brüllt der Schwarzalbenkönig hasserfüllt.

»Für mein Volk tue ich alles!«, erwidert der Moorkönig ohne Gnade.

»Nein! Vater, hör auf!«, mischt sich die Tochter des Moorkönigs ein. »Sie hat sich freiwillig in deine Gewalt begeben. Was du tust, ist unehrenhaft.«

»Die Schwarzalben kennen ebenfalls kein Ehrgefühl.«

»Ich liebe sie! Wenn sie stirbt, habe ich keinen Grund mehr zu leben.«

»Diese alberne Schwärmerei wird so schnell verschwinden, wie sie gekommen ist. Du wirst mir eines Tages für das danken, was ich für unser Land getan habe.«

Um seinen Vorsatz zu verdeutlichen, drückt der Moorkönig den Dolch tiefer in das weiche Fleisch der Schwarzalbenprinzessin, sodass das Blut ihren makellosen, weißen Hals hinunterrinnt. Von Zorn getrieben, setzt Tabea zum Sprint an. Geschickt schlängelt sie sich durch die eigenen Reihen, bis sie sich auf der feindlichen Seite wiederfindet.

Die gegnerischen Soldaten schnappen sich das Mädchen und bringen es vor ihren Herrscher, der sie grob am Haarschopf packt und brutal zu sich zieht.

»Wenn Ihr meiner Tochter etwas antut, wird Euer eigenes Kind dasselbe erleiden.«

Wieder starren sich die mächtigen Männer an, unsicher, was sie als Nächstes tun sollen.

Margarete und ich erlösen ein Elemental nach dem anderen. Stundenlang kämpfen wir gegen die dunklen Elementale und ihre Schöpfer, während die Sonne allmählich die Berggipfel erleuchtet.

Die Tochter seines Feindes im Arm und die von Todesangst erfüllten Augen seines Kindes im Blick, färbt sich das Herz des Moorkönigs schwarz. Gefühllos blickt er auf die gefallenen Krieger herab, deren Blut den Boden tränkt. Nur noch ein letzter Schritt und es gibt kein Zurück mehr.

Atemlos beobachte ich das Geschehen und versuche, meine eigenen Emotionen unter Kontrolle zu bringen. Doch die Macht seiner Gefühle ist zu stark, und ich verliere mich in seinem Hass und dem Rausch des Krieges. Ich kann mich nicht losreißen und tauche immer tiefer ein ... Mein Herzschlag wird langsamer, bis er schließlich verstummt. Auf einmal wird um mich herum alles still und ganz leicht ...

»Steh auf, Elea! Du hast eine Aufgabe zu erfüllen.«
Ich blicke in blaue Augen, die voller Mitgefühl und Trost sind. Trotz all der traurigen Momente, die der Gott des Todes jeden Tag durchlebt, strahlt er

Güte und Zuversicht aus. Seine unermessliche Kraft haucht mir neues Leben ein und nimmt mir meinen Schmerz. Endlich löst sich das Elemental des Moorkönigs auf, und sein Licht lässt mich auf ein glückliches Ende hoffen. Noch etwas wackelig auf den Beinen nehme ich erneut meine Bestimmung an.

Als der Moorkönig von seinem Hass geheilt die Schwarzalbenprinzessin loslässt, verändert dies den Lauf der Geschichte. Verwirrt durch die unerwartete Wendung lockert auch der König der gegnerischen Seite seinen Griff und Tabea schafft es, sich zu befreien. Inmitten des Schlachtfeldes fallen sich die beiden Mädchen erleichtert in die Arme. Behutsam löse ich den Rachedurst des Schwarzalbenkönigs auf, der bis eben unstillbar erschien. Ich hoffe, dass die grenzenlose Liebe der Prinzessinnen ein neues Zeitalter im Moorland einläutet und Moormenschen und Schwarzalben friedlich zusammenleben werden.

Kapitel 5

Asriahs letzter Besuch

Die Sehnsucht nach Frieden und die Liebe der Prinzessinnen haben das Moorland vereint. Es ist ein Ort der Hoffnung und des Zusammenhalts geworden, wo einst Dunkelheit und Chaos herrschten.

Als die Moorkönigstochter viele Jahrzehnte später als alte Frau aus dem Leben scheidet, breitet sich eine tiefe Trauer über das Land aus. Die Menschen spüren den Verlust ihrer weisen und liebevollen Führerin. Inmitten dieser Atmosphäre der Schwermut und des Abschieds findet ein trauerndes Elemental den Weg zu mir, und mein Herz wird von Mitgefühl erfüllt. Ich stehe fest an der Seite Nairas und gebe mein Bestes, ihr Leid zu mildern, auch wenn ich weiß, dass ich nur einen Bruchteil ihres Schmerzes lindern kann.

Auch meine Zeit ist gekommen. Ich habe meine Bestimmung erfüllt und meine Nachfolge gesichert.

Hunderte goldene Elementale schweben um mich herum und erstrahlen in ihrer vollen Pracht. Es ist ein wahrhaft majestätischer Anblick, der die ganze Schönheit und Kraft des Moorlands widerspiegelt.

In diesem besonderen Moment stattet mir Asriah, der Gott der Toten, einen letzten Besuch ab. Seine Anwesenheit ist zugleich beängstigend und tröstlich.

»Es ist so weit«, wispert der Gott der Toten und ich höre das Bedauern in seiner Stimme.

»Ich bin bereit«, erwidere ich fest, »ich habe mein Leben für die Gefühle der Moorlandbewohner gelebt.«

Die Frage nach Reue hängt für einen Augenblick in der Luft. Mein Blick schweift in die Ferne, während Erinnerungen an vergangene Zeiten in mir aufsteigen.

Dann antworte ich mit einem Hauch von Wehmut: »Ich hätte gerne eine eigene Familie gehabt. Einen Mann, viele Kinder, für die ich der Mittelpunkt des Lebens gewesen wäre. Doch ich weiß, dass mein Weg ein anderer war und dass ich auf meine Art und Weise geliebt und erfüllt war.«

Asriahs sanfte Augen fangen meinen Blick ein, und ich sehe darin eine tiefe Verbundenheit und Zuneigung. Es ist, als ob er meine Sehnsucht und meine unerfüllten Wünsche erkennt.

»Du hast so viel Gutes für die Wesen im Moorland getan«, sagt er und greift nach meinen Händen. »Jetzt ist es an der Zeit, dass deine Wünsche Wirklichkeit werden.«

Und als ich in die sanftmütigen Augen Asriahs blicke, sehe ich mich, umgeben von einer Kinderschar, fröhlich lachend und voller Leben. Ein liebevoller Mann steht an meiner Seite, der mich bedingungslos liebt und mich als den Mittelpunkt seines Daseins betrachtet. Ein gemütliches Heim, erfüllt von Wärme und Geborgenheit, wird zu meinem Rückzugsort und meiner Quelle der Kraft.

Ich tauche ein in das zweite Leben, das Asriah mir geschenkt hat. Ein Gefühl von Glück und Frieden erfüllt meine Seele, während ich langsam die mir bekannte Welt für immer verlasse.

Danksagung

Dir, Tina, möchte ich einen besonderen Dank aussprechen. Als meine Lektorin hast du mich nicht nur gefördert und gefordert, sondern auch mein Buch zum Strahlen gebracht. Du hast die Worte poliert und ihnen Leben eingehaucht, sodass sie nun lebendig auf den Seiten tanzen. Für deine Unterstützung, dein Engagement und deine wertvollen Ratschläge bin ich unendlich dankbar.

Ein weiterer besonderer Dank gilt Sabine, die mit ihren wunderschönen Covern und den magischen Illustrationen aus meinen Büchern kleine Kunstwerke geschaffen hat. Deine kreative Vision und dein Talent haben meinen Büchern eine Schönheit verliehen, die die Herzen der Leserinnen und Leser berührt. Die Zusammenarbeit mit dir war eine wahre Freude, und ich bin begeistert von dem Ergebnis, das wir gemeinsam erzielt haben. Auch meiner besten Freundin Wiebke möchte ich von Herzen danken, dass sie immer an meiner Seite ist. Du bist wunderbar so wie du bist, eine Löwenmutter und eine starke Frau. Ich bin stolz auf dich.